八顿和弗雷迪
（二）

The Tale of Bear Town II

王立昕 绘
石燕学 王立昕 文

中国画报出版社·北京

图书在版编目（CIP）数据

熊镇的故事：八顿和弗雷迪. 二 / 王立昕绘；石燕学，王立昕文. -- 北京：中国画报出版社，2019.8（2019.12重印）

ISBN 978-7-5146-1748-1

Ⅰ. ①熊… Ⅱ. ①王… ②石… Ⅲ. ①故事-作品集-中国-当代 Ⅳ. ①I247.81

中国版本图书馆CIP数据核字（2019）第092780号

熊镇的故事（二）

王立昕　绘　　石燕学　王立昕　文

出　版　人：于九涛
责任编辑：郭翠青
装帧设计：詹方圆
责任印制：焦　洋

出版发行：中国画报出版社
开　　本：中国北京市海淀区车公庄西路33号　邮编：100048
发 行 部：010-68469781　010-68414683（传真）
总编室兼传真：010-88417359　版权部：010-88417359

开　　本：32开（880mm×1230mm）
印　　张：6.75
字　　数：133千字
版　　次：2019年8月第1版　2019年12月第2次印刷
印　　刷：天津久佳雅创印刷有限公司
书　　号：ISBN 978-7-5146-1748-1
定　　价：68.00元

版权所有，侵权必究；如有质量问题，影响阅读，请与印刷厂联系调换。

献给所有辛勤劳作但仍保持一颗童心、爱心的朋友!

自序

《熊镇的故事：八顿和弗雷迪》系列插画书第一册的出版给了我们很大的鼓励，无论是中国画报出版社的支持还是读者的反馈，都让我们觉得迈出了正确的第一步。第二步怎么走？我们的心中已经有了初步的想法……

记得小时候，男孩跟爸爸一起玩耍的时间远远多于和妈妈的时间。爸爸走到哪儿，儿子就跟到哪儿。和爸爸一起捞鱼虫、养金鱼、去鸟市、买东西，在自家院子里种花草，一切事都想和爸爸一起干，简直就是爸爸的跟屁虫。那时候，儿子最高兴的事也许就是假期得到爸爸的允许，带自己到他工作的单位去一天。早上七点钟在某个路口的炒肝店吃一碗炒肝，然后坐上爸爸单位的班车。那一天会是最快乐的一天，一切都和学校不同，在大人们的呵护逗笑中玩耍到下班。这种记忆留在心里，时不时地冒出来，暖暖的。

那时候的女孩往往跟妈妈在一起的时间多，唱唱歌，做点儿细致的手工……妈妈带着女儿去幼儿园时，公交车每到一站，座位上的小姑娘都会回头看一眼妈妈，生怕妈妈提前下车把自己落下。

不知从什么时候开始，这样的关系颠倒过来了。儿子和爸爸相处的时间慢慢变少了，和妈妈相处的时间变得很多。爸爸白天工作，晚上应酬，周末带着儿子去各种补习班。儿子在里面学习，爸爸在外面玩手机。交流的时间越来越少，男孩的柔弱却越来越多，甚至影响到对男孩的审美定义，妈妈的乖乖宝取代了爸爸的淘气包。

时光不能倒流，回到过去的想法很天真。但我们可以为改变现状做一点儿什么。父与子的主题就这样在我们心中建立起来，形成了《熊镇的故事：八顿和弗雷迪》第二册的思路。

爸爸的宽厚、智慧和坚毅，儿子的纯真、顽皮和聪明，两者的碰撞会产生无数有趣的事情。爸爸带着儿子干一点儿小"坏"事，探个不大不小的险，一起拿妈妈开一点儿玩笑，这些都会成为彼此心中温暖的记忆。

当然，我们也不会忘记妈妈和女儿，第二册同样是男、女、老、少皆宜，八顿和弗雷迪这对"不着调儿"的熊父子的故事同样会给你们带来欢乐和思考。

日常生活中本来就没有那么多惊天动地的事情，我们心中对家人和朋友的记忆都是身边的平凡琐事。《熊镇的故事：八顿和弗雷迪》系列，就是记录了这样平凡琐碎的瞬间。我们的读者朋友，不论是大人还是孩子，都会从一个个小故事中找到自己的影子，这其实就是大家的故事。

让男孩更阳光，让女孩更美丽，让大人笑口常开，这是《熊镇的故事》作者的美好愿望！

二〇一九年四月于北京

熊镇是什么样的?

位置: 熊镇坐落在三面环山的大森林中,四季分明,一条叫熊跑溪的小河从镇中心蜿蜒流过,地势平坦处能形成开阔的河面。这个地方最初是几只熊定居并初步建立起来的,随着森林里的动物不断聚集,逐渐形成了小镇的规模。

主角: 一对熊父子

小熊: 一只少年小棕熊,大名弗雷迪(Freddie),小名"毛毛熊""二毛";小熊在熊镇寄宿学校上学,虽然读书不用功,但总能凭着小聪明使考试过关。

老熊: 一只壮年大棕熊,因为毛色较深,大家都叫他"老黑熊"。后来他又有了个洋名,叫巴顿(Patton),但大家都叫他"八顿",至于为什么,请在《熊镇的故事》第一册中寻找答案。

两只熊看起来笨笨的,但他们能爬树、擅游泳,上山采浆果、下河抓鲑鱼,样样精通。他们平时爱占小便宜,胆子也不大,好面子爱吹牛,总幻想少劳动多获得,可关键时刻正义感总能占上风,这不正是普通大众善良而又勇敢、憨厚而又聪明的写照吗!

居民: 河马、野猪、老虎、狼、柴鸡、松鼠、鹦鹉、鳄鱼、野牛、猞猁等各种动物家族,他们有的善良,有的狡诈,共同构成了熊镇的动物生态。

熊镇长: 恶霸官僚熊

熊镇警察局长： 自私的野牛

树洞位置： 熊父子的树洞位于熊镇边缘的森林里，邻近熊跑溪，幽静美丽，通过一条土路通往熊镇中心。四周散布着其他动物的居所。

熊镇产业： 熊镇的产业多样，不同动物家族经营着不同的业务。比如羚牛家族经营皮具店，老虎家族经营肉铺，信鸽家族经营邮递业，等等，大家各有分工，总体上还算和谐。产业大都围绕熊镇中心广场开设。镇子上最火的地方是"三流酒馆"，这里是猛兽们聚集喝酒、聊天、吹牛的地方，数老熊最爱去，因为在那儿他能信口开河地聊天。之所以叫"三流酒馆"，是因为主要客人都是草根动物，高雅动物或者上流社会动物是绝对看不上这里的。

熊镇货币： 每种动物群都有自己的货币，按不同汇率折算，当然熊元最值钱，还有狗元、猪元，等等。

熊镇矛盾： 动物们不断增长的美好生活需求和大自然有限的承载力之间的矛盾。

目 录

001　**01** 南极科考站招工了

011　**02** 八顿的喷泉

017　**03** 八顿的冬钓

027　**04** 八顿补牙

035　**05** 伦敦我最熟

043　**06** 贪便宜没好事

055　**07** 八顿爱去电影院

061　**08** 为了赠送的礼物

067　**09** 弗雷迪的创业计划

075　**10** 请客之前

081　**11** 不能和熊抢食

093　**12** 轮到弗雷迪做饭

099　**13** 狗熊马尔丹逸事

115　**14** 捐赠的东西怎么又回来了

123　**15** 如果熊得了糖尿病

131　**16** 读书要读专业版

139　**17** 奖品不好就不卖力气

147　**18** 黄鼠狼智取母鸡

161　**19** 品香会

167　**20** 有刺的刺身

179　**21** 不能背着熊吃东西

185　**22** 到底当什么

191　**23** 陶瓷杀手

01

南极科考站招工了

春天来了,天气逐渐转暖。周末一大早,小熊弗雷迪在厨房树洞吃完早饭,匆匆跑出去找小伙伴玩儿。他们来到熊镇广场,布告栏前围了好多动物。弗雷迪挤进去一看,布告牌上写着:"南极科考站招募员工!待遇优厚!"小熊仔细看了看介绍,半年挣的熊元比两只熊在熊镇五年挣的还多,还可以"免费乘坐破冰船,搭乘可以在冰原降落的飞机、喂企鹅、看极光"。这简直太好玩儿了!

弗雷迪挤出包围圈,赶紧跑回树洞跟老熊八顿报告这个消息。八顿听了别提多兴奋了,因为布告上写着他们需要电工、木工和厨师。小熊弗雷迪说:"熊爸,你做饭特别好吃,我可以打下手,也算半个厨师。你做得了电工吗?"老熊八顿想了想说:"做不了,可我能做木工啊,虽然挣得比电工少点儿,但是咱俩可以学呀,应该不难。可是他们能让咱俩同时去吗?咱们得碰碰运气了。"熊父子立刻在网上填写报名表发了出去,不久竟然收到了面试通知。

面试地点不在熊镇,而是在海湾处的港口镇,两只熊起了个大早坐着灰狗大巴去了。面试官是一头穿着制服的海象,他非常客气地请两只熊坐在他的对面,晃着大脑袋盯了两只熊几秒钟,他们有点儿不安地等着,紧张得熊掌心都出汗了。海象咳了两声,面试就开始了。

"看简历两位必定是熊镇来的老熊八顿和小熊弗雷迪了?"

"对对,我们是!"两只熊不住地点着头,充满渴望地望着面试官。

"那你们想得到在南极工作的机会吗?"

"当然了,我们特别希望能去那儿工作!"

"恭喜你们,你们被录取了!"胖海象站起来,扭着身子来到他们面前,向他们伸出了前鳍小爪,露出真诚、憨厚而又有点儿不安的神态,好像生怕他们反悔似的。

"啊!"两只熊惊呆了,不知所措地伸出了熊掌。没想到一个实质性问题都没问,就被录取了。

"砰、砰",胖海象在录取函上盖了两个大印递给他们:"请回去准备行李,我们明天派车去接你们从港口出发。"

"哐、哐",第二天,两只熊的行李被扔上了一艘大船,汽笛鸣响,破冰船奔向了南极。

一个月以后,南极,白毛风呼啸着扫过雪原。渺小的南极科考站孤零零地立在深灰色的天空下,透过小小的窗洞,能看到两只熊趴在那儿向外"欣赏"雪原的风景。他们是南极科考站仅有的两名留守人员,科研人员在南极的冬季都撤走了。

"熊爸,自打来这儿咱们一共才出过三次门,从来没有喂过企鹅。"弗雷迪鼻头贴着玻璃说。

"外面零下四十度,哪敢出去喂企鹅啊,只能从窗洞里面向外看看,开春儿了咱们才能回去。"

"呜呜,咱们就不该来这儿,当初他们招工时说得天花乱坠,把咱们给骗来了。"

"也不能说是骗咱们,咱们确实是坐着破冰船和直升机来的。极光嘛,咱们倒是没少看呢。刚来那天,天气还没这么冷,咱们在外面的雪坡上光顾着打出溜瞎闹了,边上站着一大群企鹅,还笑咱们没见过世面呢。"老熊八顿慢悠悠地嘟囔着。

"那不是他们骗咱们，是咱们太笨了，熊爸，你怎么又犯了爱占小便宜的毛病了！"

"呵呵，弗雷迪，别光说我啊，当初你不是也哭着喊着要来嘛！哎，到现在我才明白为什么给这么高工钱了，敢情是把咱爷儿俩留这儿看摊儿啊。"

"这叫孤独症精神损失费，要这些钱有什么用啊，要熬到开春儿，日子过得太慢了！"

"儿子，现在回想起来，那天面试的时候，那只狡猾的海象什么问题也没问就给咱们盖章发聘书，第二天就把咱们接上船，就是怕咱们知道实情后反悔。到了船上才知道，南北半球气候是反着的，咱们熊镇现在是夏天，南极是冬天。我看事已至此，咱们得想点儿好玩儿的打发时光了。"

"熊爸，我禁止你擅动那些设备，弄坏了咱们的工钱可赔不起。"

"我才不动那些破烂玩意儿呐，我只在厨房活动。我一会儿再去看看还有什么没试过的罐头，再试验一下'黑暗料理'……"老熊说着离开窗洞，向厨房走去。

"啊？……"

贪便宜不劳而获的行为真是得不偿失啊！

02

八顿的喷泉

  两只熊当年不富裕时,住在一个小树洞里,老熊八顿每天去熊镇仓库看管各种货物,赚的钱仅够吃喝儿,更没有多余的熊元带小熊弗雷迪出去玩儿。

  一天,八顿下工后领工钱,多得了几个熊元的加班费,于是高高兴兴地去虎爸家的肉铺买了一斤肉,晚上回家蒸了肉包子。对于两只熊来说,这可是难得的美味,四十个大包子外加一锅浓汤全部被吃光了。

吃完饭，老熊在大水池里刷碗，小熊弗雷迪抹着嘴说："熊爸，今天的肉包子真好吃啊，要是每天都能吃上肉包子该多好啊！"

"儿子，等咱们有了钱，天天给你做肉包子吃，不过眼下得把蒸包子的笼屉洗干净，包子好吃，笼屉难洗啊。"八顿奋力地洗刷着餐具，弗雷迪在旁边帮忙。"以后咱们有钱了，还带你去游乐场，好好玩儿几次！"

"游乐场有什么好玩儿的呀？"

"各种玩意儿，最过瘾的是过山车，坐上去还挺吓人的。游乐场还有喷泉，好看着呢！"

"喷泉长什么样儿啊？"

"喷泉就是喷起来的泉水，可高可好看呢。"

这时候要用清水洗碗了，老熊接了满满一大池清水，然后对弗雷迪说："快看，我给你做个喷泉！"只见他把穿孔笼屉往水里快速一压，一片水柱就从穿孔处一下窜了出来，真的像小喷泉呢。小熊看得可高兴了，熊掌拍个不停："熊爸，你太聪明了，再来一次！"就这样做了一次又一次，地面上洒了一层水，但两只熊可高兴了！

后来，两只熊通过辛勤劳作，生活富裕了，可以天天吃肉包子了，随便花钱买东西，经常出去旅游，也看了各种各样的喷泉，但是小熊弗雷迪总觉得还是老熊八顿当年做的喷泉最让他开心。

03

八顿的冬钓

天冷了，熊跑溪也上冻了。一天，两只熊在树洞里吃晚饭：咸鱼干配米饭。八顿看着弗雷迪说："你今天怎么吃得这么慢呀？平时你可是风卷残云的，是不是不舒服了？"小熊弗雷迪说："熊爸，天天吃鱼干，都烦了，真想吃新鲜的鱼啊！"

老熊八顿听了，想了一下说："儿子，我带你冬钓去，我也馋新鲜的鱼了。"小熊听了，跳着脚儿欢呼起来。他翻箱倒柜地找出鱼竿，八顿说："不用鱼竿儿，我教你一个新法子。"说着找了个大铁钎子和锤子，带着弗雷迪出门了。

小熊好奇地跟着老熊来到冰冻的熊跑溪冰面上，老熊用大铁钎子凿了一大一小两个洞，又从口袋里摸出一罐黄油，往自己的尾巴上抹了一把，然后就一屁股坐在那个大洞上。他看弗雷迪愣在那儿，就说："儿子，你也在尾巴上抹上油坐下，把尾巴从小洞伸到水里面去。咱们的尾巴就是鱼饵！这方法我见北极熊他们用过。"小熊将信将疑地坐好，尾巴浸在冰冷的溪水里还真有点儿凉。

一会儿小熊就问:"鱼什么时候上钩啊?"边说边抬起屁股,看看冰窟窿。老熊答道:"耐心等等就上钩了。"

弗雷迪坐不住,每隔一会儿就挪动一下屁股问:"熊爸,你那里有鱼上钩了吗?"老熊说:"好像开始咬钩了,我得多等会儿,等一条大鱼!趁这工夫我给你读一首诗吧,普希金的《假如生活欺骗了你》!"

"熊爸,要是有条吃肉的大鱼咬你的尾巴一口,你疼不疼啊?"

"他敢,我吃了他!"老熊坐在冰面上喘着气,很快嘴周围就全是白霜了。

弗雷迪抱着头坐在冰面上想:既然熊爸说这是北极熊的方法,那就一定错不了。他不时地扭一下身子,总也感觉不到有鱼咬钩。

"我感觉有条大鱼上钩了,容我站起来,就能把他拖出水面了。"老熊边说边想起身,却起不来,"这鱼太大了,我都拖不起来了,你快帮我看看,一起搭把手儿。"

弗雷迪赶紧从小冰窟窿上面站起来,抖了抖屁股上的冰水,跑到老熊的身后去看。他揪了揪老熊屁股上的熊毛,发现八顿的尾巴被冻在了冰面上,原来的大冰窟窿已经封上了。

小熊又使劲揪了揪,老熊疼得直咧嘴:"你使劲揪我熊毛干什么?这大冷天把熊毛揪下来怎么行,到底怎么回事?"弗雷迪没办法,只得把尾巴冻住的情况告诉了八顿。

老熊立马儿傻眼了,用熊掌撑着冰面说:"儿子,真没料到演砸了!你快想个办法把我的尾巴解救出来吧,我的尾巴要是有个三长两短,就没法儿泡妞了。"

别看熊的尾巴短,但是可以露在工装裤的外面,起到装饰作用,每只熊都会想尽办法,打理和装饰自己的尾巴,有的扑上香粉,有的母熊还会系上蝴蝶结。

小熊拿着铁钎子和锤子围着老熊的尾巴外圈儿猛戳,好在冻得不厉害,终于把老熊的尾巴给凿出来了,尾巴上还挂着一大坨冰。

父子熊拿着铁钎子和锤子往家走,尾巴上的冰坨随着步伐叮叮当当地甩来甩去。老熊愤愤地说:"这电视上说的都是假的,就为了哗众取宠赚收视率,以后再也不上当了!"小熊跟在后面,捂着嘴偷偷地乐个不停。从此以后,八顿再也不去尾钓了。

04

八顿补牙

老熊八顿从小没有养成好的口腔卫生习惯，因为那时老熊的父母不懂这些。小熊弗雷迪在学校学到了相应的知识，每年都找啄木鸟洗牙。每次这个时候老熊就说："又没有虫牙，看什么牙医啊？" ▶▶

弗雷迪说:"熊爸,学校卫生课老师讲了,要预防为主,定期洗牙就会避免长虫牙。我一定要定期去,建议你也定期去洗牙。"

"看他那椅子就像上刑的凳子,再看他拿的锤子、凿子、钩针、电钻,想起来都后背发凉!"八顿每次都这么说。

老熊虽然知道弗雷迪说得对，但还是从来不去洗牙。一天晚饭后，他的牙忽然疼了起来，在床上翻来覆去一夜都没睡。早上起来八顿从冰箱里拿出一瓶酸奶，刚喝一口就疼得捂住嘴，一屁股坐在凳子上，看着小熊在边上嚼着鱼干，心里那个痒啊。

"熊爸，跟你说了好多回，让你定期去洗牙，可你就是不听，现在牙疼了吧。"

没办法，八顿这回认输了，他乖乖地走进啄木鸟的牙医诊所。

啄木鸟见了，说："八顿，你这个老顽固今天怎么来了？你不是从来不看牙医吗？"

弗雷迪抢着说："他牙疼，昨晚一宿没睡，也没吃东西！" ▶▶

啄木鸟摇了摇头，让老熊坐到椅子上，说："我先给你检查一下，张大嘴。"老熊乖乖地张开了嘴，啄木鸟拿了一根树枝子把老熊的嘴支上，然后把身子探进老熊的嘴里，说："这里面有个洞，有个洞，有个洞……"老熊一把把树枝拿开说："你说一遍就行了，我牙有毛病，可耳朵没毛病，能听得见！"啄木鸟跳到熊头旁边说："我是说了一遍啊，可你的牙洞太大了，回声很严重，你的牙状况太糟了！"

"太夸张了吧！我的牙口可好了。"

"那你干吗到我这儿来，你可以下去走了。"啄木鸟拿着钳子，敲着熊牙说。

"哎呦，疼死我了，别敲了！能治好吗？"

"我尽力吧。"啄木鸟说着就又跳进去，用他自带的锤子（他的大硬嘴）梆梆地凿起来。老熊心想：怎么这么疼啊！他下意识地想合上嘴，但是有树枝支着，合不上，只能忍着，眼泪不自觉地从眼眶里掉下来，他觉得太丢人了。

啄木鸟说："你家小熊的牙齿保护得很好，因为他定期来洗牙。平时注意，省得生了虫牙再治这么难受。"凿完了，啄木鸟拿过来三包粉末，看了看搅拌粉末的小碗说："你的牙太大，我这碗太小不够用，只能凑合一下了。"说着拿进来一个水桶和一根树枝，把粉末都倒进去，加了一舀子水，用树枝搅拌均匀，对老熊说："哥们儿，把桶举到嘴边儿。"他又探进老熊的大嘴，进进出出地舀起搅拌好的粉糊补牙洞，干了五个来回，总算补上了，又让老熊举着一只连着线的灯泡放在嘴边，烤新补的熊牙。

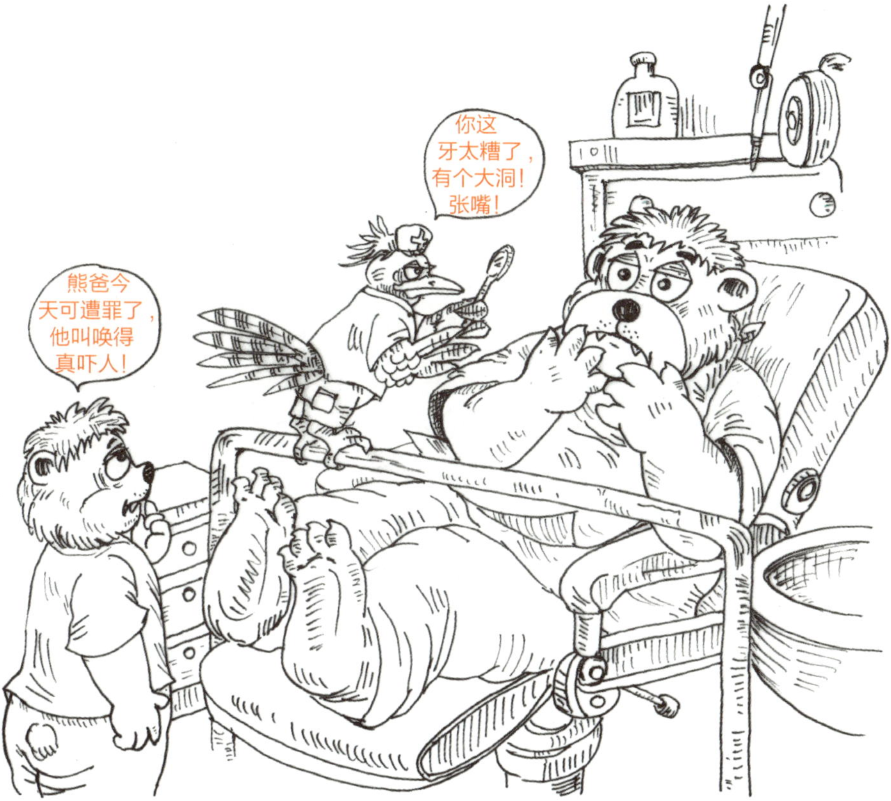

牙补好了，啄木鸟又对老熊说："既然来了，我就帮你帮到底吧，帮你洗一次牙。"老熊含泪点了点头，他这时只能乖乖听话。啄木鸟进进出出好几趟，清理出来不少脏东西，一边清理一边摇着头说："这样脏的嘴能不生虫牙吗？知道为什么进去出来那么多次吗？因为里面实在是太臭了，得憋一口气进去，不能喘气，否则就会给熏晕了。"老熊一边听，一边抹眼泪，挺难为情的，以前总以为自己凡事儿都懂，看来还真不能太主观啊。▶▶

治疗完毕,啄木鸟开了单子:"去交费。"

"啊!五十熊元啊!怎么这么贵!一斤鱼干才多少钱啊,这得买多少瓶苹果酱啊!"老熊一看交费单就傻了眼。

"你家小熊每次洗牙才十个熊元,你这个牙毛病太多了,这还是优惠的,快去吧,别磨叽了,按时洗牙比什么都强。"

从此以后,每年弗雷迪去看牙医的时候,老熊都跟着,他的牙后来再也没有坏过。即使他忘得了牙疼,也忘不了五十熊元能买的鱼干和果酱啊。

05

伦敦我最熟

　　自打两只熊最近一两年去外熊镇旅游了几次以后，老熊八顿在三流酒馆跟虎爸、狼爸这些猛兽喝酒时就有了吹牛的资本。周五傍晚收工后，八顿照例来到三流酒馆和虎爸、豹子爸、狼爸们喝酒聊天。小熊弗雷迪放学后，也过来找老熊一起回家，他坐在旁边的宝宝区，要了一杯蜜糖水，一边看漫画书，一边嚼着薯片，耳朵时不时地被这边的喧闹声吸引得转过来。

　　"伦敦你熟吗？这几天熊镇正在上映外国大片《伦敦陷落》呢。"狼爸突然问老熊。

　　"伦敦我当然熟了！都可以当导游了。"老熊说着拿起大玻璃扎啤杯，仰脖儿喝了一口啤酒："要不是我的建议，这儿怎么会进这种黑啤酒？这是我在爱尔兰的时候喝过的，味道是不是够浓？"

　　"可那是爱尔兰呀……"

　　"爱尔兰怎么了？和英国离得可近了，也就一顿饭的工夫就飞到了，你们不知道？"

"得、得、得,你都知道还不行嘛,那你去过苏格兰场吗?"狼爸接着又问。

"苏格兰场是哪儿?"老熊嘀咕着,眼睛望向了弗雷迪。

小熊在旁边接茬儿:"就是Scotland Yard,伦敦警察局。"

"原来你说的是Scotland Yard呀,我当然去过啊,不说英文,我一时还真蒙了。"

狼爸尴尬地笑了笑，很不好意思地喝了口啤酒。

虎爸和豹子爸听了也凑过来："嘿嘿，你怎么去的？"

老熊又喝了一大口啤酒说："当然是请我去的！我一到机场，刚和边检的人说了几句话，那个小姑娘就打了个电话，马上就来了三个穿制服的，对我特客气，走的专用通道，直接就通关了。为了保证我的安全，直接在地下车库上车，车可大了，贴着黑膜，从外面什么也看不见。他们请我坐在后排中间，一边一个戴墨镜、穿西装的家伙坐在靠门的地方，那车开得真叫快，红灯都不停的。"

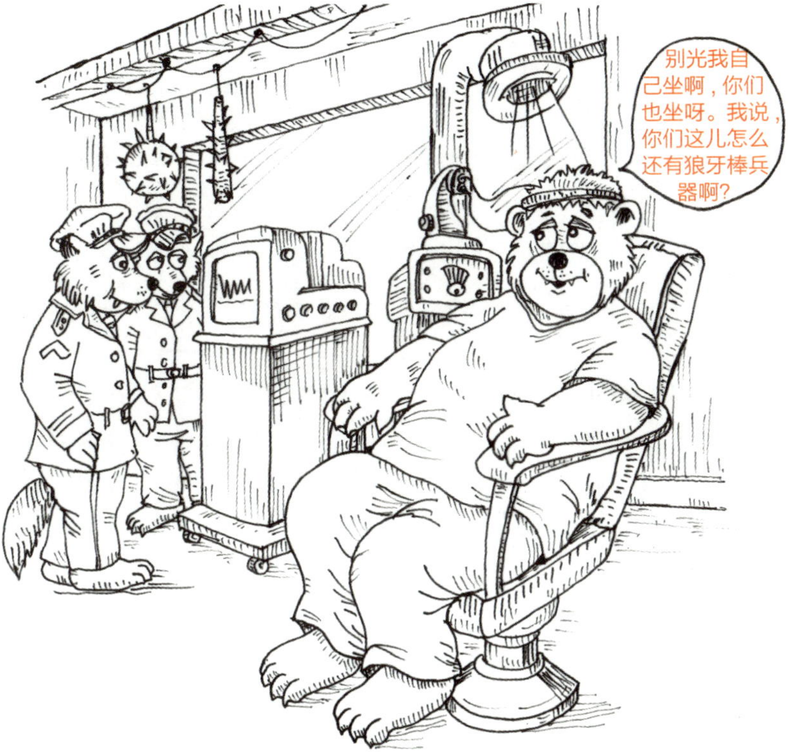

▶ 豹子爸问："在那儿他们怎么招待你啊？"

老熊说："他们对我可是高标准，先请我在一个专门的房间待着，门口派了四个卫兵和一只德国大狗守卫。房间可亮了，有一面墙完全是大镜子，倍儿平，我还照了照。他们让我坐在大皮椅子上，还给我倒了杯水……"

"后来呢？"这时，不知不觉围过来一群动物，把吧台都给包围了。

"等了大概有半个小时，进来两只狐狸，还请我戴了特别的发箍儿，那上面连着线到一个屏幕，可高级了。他们一个跟我聊天，一个盯着屏幕，还操作着一台机器。问了我好多奇怪的问题，我都答不上来。我记得最清楚的是问我电脑程序的事儿，我不懂，就跟他们说实话，这不像在咱们熊镇随便吹牛，在外熊镇咱得注意影响啊。" ▶▶

"那然后呢？"

"然后，我从玻璃的反光看到我回答问题时那屏幕上有一条波段线似的东西，一直是直的。他们和我聊完就让我走了，我临走时听见一位长官训斥请我来的一个穿制服的：'你怎么搞的？抓来这么一只笨熊？他那么笨，哪儿当得了恐怖分子？浪费我们的时间！'那个穿制服的说：'可是这只熊和墙上的那位确实长得一模一样啊。'我一看，墙上贴着海报呢，写着：'WANTED，头号儿对象。'我俩长得还真像呢。"

老熊描述得口干舌燥，赶紧喝了一大口啤酒："就这样，我去了著名的苏格兰场，一般的动物谁有这样的礼遇！"

一众猛兽笑开了花，啧啧地应和："真让人羡慕啊！我们要是去伦敦，无论如何也享受不到这样的待遇啊！"

两只熊灰溜溜地从酒馆儿走出来，小熊不满地说："熊爸，你刚才吹牛吹过头了，怎么把实情都说出来了！"

"哎，是啊，吹牛吹高了，一不留神说走了嘴，也不好收回了，这次可演砸了！"

06

贪便宜没好事

深秋的一天放学后,小熊弗雷迪和虎宝宝一起回家,路上虎宝宝说:"我爸爸刚从山那边的蓝熊镇回来,那儿有一家米其林餐厅,食物一级棒,而且环境特高档,有各种肉,还有鹅肝什么的,我从来没吃过。"

"那咱们周末结伴去吧,一定很开眼界。"弗雷迪说。

周五晚上，小熊找出前些天在秋季大集上花了五个熊元买的羽绒服，装进巴掌大的小袋子里。这羽绒服是外熊镇来的公鸡爸卖的，橘红色很漂亮，而且很轻柔，可以团成一小团儿，非常方便。

小熊记得当时老熊看到鸡绒服说："不让你买这么便宜的你偏不听，集市上鸭爸家卖的要二十熊元呐，里面填充的都是细鸭绒，一分钱一分货。公鸡爸卖的东西，里面还不知填充了什么羽毛，鸡毛既不暖和也不细密。"但弗雷迪不以为然，反驳道："熊爸，你不懂，我这叫低价淘货，性价比高，省下来的熊元我还可以多买几件小布衫儿呢。"

周六一早,两个小伙伴坐了半天的火车,到了蓝熊镇的米其林餐厅。这家餐厅坐落在一个大湖边上,叫"水天餐厅"。门口的牌子上有三颗亮闪闪的五角星,上面装饰着新鲜花瓣做的花环,真是太讲究了。前厅站着一名河马侍者,打着红色的领结,高傲地腆着大肚子,昂着头,不时地快速转动着小耳朵,用大环眼观察着四周。

小熊弗雷迪和虎宝宝也算是小康人家长大的,见过不少世面,大大方方走过去打招呼。河马把他们带到前厅,一名巨兔服务员负责存衣服,所有的动物进入餐厅前必须脱掉外衣寄存。虎宝宝脱掉他的锦缎大氅,很帅气地交给巨兔服务员;弗雷迪也脱掉了他心爱的橘红色羽绒服,交给巨兔时猛然发现这羽绒服掉毛!羽绒服内侧和弗雷迪的小褂上都是白色的小羽毛。巨兔躲闪了一下,用兔爪尖儿捏着毛毛熊的外衣进了存衣间,两只小动物一前一后进了餐厅。 ▶▶

餐厅里面像宫殿一样,服务员穿着黑色燕尾服、雪白的衬衫,打着领结;而顾客们都穿得很正式,估计都知道这家高级餐厅的规矩。弗雷迪和虎宝宝也是有备而来:虎宝宝的织锦小褂带盘扣儿,很有熊镇风格。弗雷迪的真丝对襟小衫儿坠着水晶装饰,也不赖。无奈现在上面沾的都是白毛儿,搞得弗雷迪挺尴尬。

犀牛服务员迎过来安排他们俩坐下。小熊弗雷迪瞄了一眼餐桌,只见上面摆了精美的骨瓷托盘,锃亮的刀叉放在两边,

银质杯子里盛着水。他用余光看着自己全身的白毛,好像是刚从鸡窝里爬出来一样,真是丢脸啊!可这时也只能故作镇定。犀牛侍者优雅地拿着菜单问他们想吃什么,虎宝宝点了芦笋焖鸭子,弗雷迪主菜点了奶油烤银鳕鱼,外加豌豆鱼冻头盘和太妃糖甜品。

不一会儿,菜上来了,犀牛侍者总是先给虎宝宝上菜,轮到弗雷迪时也离他很远,一看就是嫌弃他的"羽毛"小衫儿。弗雷迪虽然不太开心,可是品尝到银鳕鱼的美味,也就顾不上这些了,痛快地吃起来。

可是身上的白毛儿不争气，总是不时地飞起来几片。弗雷迪在心里暗想，绷住劲儿，赶紧吃完这顿饭吧。可是越这么想越觉得不对劲儿，突然，他鼻子一痒，想放下刀叉用餐巾捂住嘴已经来不及了。"阿嚏……"连打了三个大喷嚏。这下子坏了！他身上的白毛一下子飞了起来，紧接着虎宝宝也打了个大喷嚏，更多的毛飞了起来，在餐厅里飘着。客人们纷纷向这里看，紧接着其他用餐的动物也开始打喷嚏……

弗雷迪和虎宝宝没吃完就被请出来了，看在他们是小动物的分儿上，还没要他们餐费。犀牛侍者把他们带到门口，对弗雷迪说："这位小哥儿，下次记得穿体面点儿，别制造麻烦了，否则我们可不敢接待你们了。"

虎宝宝一边往外走一边埋怨着小熊："都赖你，穿的衣服老掉毛，没吃完就被轰出来了，那么多动物看着，本宝宝哪受过这样的羞辱啊。"弗雷迪低着头沮丧极了，小声说："我也没想到新买的这件衣服掉那么多毛，太现眼了，以后再也不买便宜货了。"

周日一早，老熊八顿领着弗雷迪来到熊镇中心广场鸭爸开的羽绒店。弗雷迪选了一件天蓝色的短款羽绒服，还带个小帽子，非常漂亮。付完款出来，老熊对他说："儿子，记住了，便宜没好货！"弗雷迪点点头："这次记住了，我以后再也不会这么丢人了！"

07

八顿爱去电影院

熊镇电影院开始放映惊险大片《饥饿游戏》最后一部，前两部小熊弗雷迪都看过，很喜欢；这最后一部是大结局，他盼了好久了，就马上在熊镇的网上团购了电影票。▶▶

两只熊来到电影院柜台前领了票,犀牛售票员一指对面:"你们可以去领免费零食。"两只熊赶紧去了海象的柜台,零食居然是双份儿的,每份有一杯可乐和一桶爆米花!八顿和弗雷迪对视了一下,心照不宣:"真是太爽了!"

他们端着可乐和爆米花刚坐下来,电影就开始了。小熊捧着爆米花桶,用熊掌捏着一个一个地吃起来,不时地抿一下嘴,爆米花裹上奶油和砂糖味道好极了。这时黑暗中传来"哗啦、哗啦"的声音,小熊弗雷迪扭头一看,老熊八顿正捧着爆米花桶,直接伸出大舌头吃爆米花呢,弄出了很大动静。

小熊用胳膊肘儿碰碰老熊，小声说："熊爸，这可是电影院，你能不能小点儿声啊？"

老熊一脸无辜地说："不能啊，我吃东西从来就是这么大动静啊。没事儿，今天是动作片，别人听不见。"

老熊的爆米花越吃越少，他索性把熊头都埋进了纸桶里面。

小熊忍不住问："干吗不用熊掌捏着吃啊，把熊头都伸进去多不雅观啊。"

"我来之前没有洗熊掌，捏着吃不卫生。而且，一个一个吃太慢了，我这大舌头一卷，沾上一堆多痛快啊！"老熊很快就吃完了爆米花，黑暗中用眼睛瞄了瞄小熊的爆米花桶。小熊虽然目视前方，但仍好像感觉到了什么，不自觉地把纸桶移到了另一侧。老熊无奈，身子向后一仰靠在椅背上，总算可以不出声儿地看电影了。

散场了,八顿和弗雷迪一起往家走。小熊意犹未尽,兴奋地跟老熊讨论着电影里的场景:"我最喜欢看这种精彩的大片了,想象力丰富!对了,熊爸,过两天还有一部大片《火星救援》呢,我还想看。"

老熊说:"好啊,咱们再团购两张电影票吧。"

"是呀,团购价钱还比较优惠。"

"爆米花真不错,就是少了点儿,团购电影票一定要带爆米花的。"

弗雷迪听了恍然大悟,原来八顿这么痛快答应看电影,是为了爆米花。

08

为了赠送的礼物

一年马上就要过去了,为了年底有个好业绩,熊镇的店铺使出各种手段招揽生意。这天,小熊弗雷迪和老熊八顿去熊镇中心广场采购,弗雷迪发现一个货架上摆着好多大白瓷碗,旁边站着老虎店员。他好奇地凑过去,老虎对他说:"这是赠品,扫一下二维码就能得。"

弗雷迪动心了,老熊过来拉他离开:"咱们树洞里有那么多碗了,不要了。"弗雷迪可不干,他是瓷器控,看到好看的瓷器就走不动道了。他用胖熊掌指着碗说:"多好的瓷碗啊,又是免费赠品,我就想要嘛。"老熊拗不过他,掏出手机扫了一下二维码,这时老虎在旁边又插话:"还有个条件——需要在店里有任意消费。"

老熊听了哼了一声:"我就知道没有白得的好事儿!弗雷迪,你在店里看看有没有想要的,随便买一点儿东西。"

　　小熊一听，心里乐开了花。他对那些服装、杂货都没有兴趣，直接奔着食品柜台就去了。他拿了一大堆糖豆、薯片、巧克力饼干，把购物筐装得满满的。

　　老熊跟在他后面问："买这么多，你吃得了吗？"弗雷迪头也不回地说："吃得了，吃得了，再说了，还有你的一份儿呢。每次看电视的时候，你总是蹭我的宝宝级食品。"八顿没辙，只好帮小熊买了这堆零食，装了满满一篓子提着。毛毛熊拿着收银小票兴冲冲地跑到老虎店员的摊位，领了一个大白碗。

老熊八顿拎着零食走在前面,小熊弗雷迪捧着大碗,跟在后面。父子俩一前一后从熊镇广场往树洞走。小熊心情大好,一路哼着自编的小曲儿。走到树洞下,老熊说:"把碗放在篓子里吧,上树的时候不方便。"
"不,我要拿着。"

老熊也没再理他，爬上梯子到平台上，掏出钥匙开门。弗雷迪捧着大白碗跟在后面，上到最后一级台阶，忽然被绊了一下，大白碗一下子滚到了平台上。"哎呀……"只见大白碗画着弧线向前滚去，老熊回身发现情况，马上伸出后熊掌想挡住，可是大白碗从老熊的后熊掌边画出一道优美的曲线，慢慢地滚向平台边，摇摇晃晃的，两只熊同时大叫起来，可大白碗并没有停下来，而是就在将停未停的那一瞬间，从平台边消失了。随着一声清脆的响声从下面传来，两只熊凝固了，一只趴在地上伸着前熊掌，一只扭着头奋力向后伸着后熊掌。

"这回又白忙活了！"

09

弗雷迪的创业计划

小熊弗雷迪从木材加工厂辞了兼职的工作，因为厂长派给他的活儿太多了，除了设计木家具，最近还让他在总装车间组装家具，太累了。本来这个年纪的小动物做兼职工作大都为了给自己赚点儿零花钱，这样用钱时方便，谁也没想拼命做苦工。弗雷迪晃悠了一阵，又觉得无聊了，眼看着小伙伴们放学后都去打工挣着零花钱，他待不住了，决定找点儿事儿做。但是做什么呢？▶▶

一天弗雷迪跟着八顿到镇上杂货店买东西，看着店主一边卖货一边听着收音机，可惬意了。小熊忽然受了启发，心里暗想：开个店铺不错啊。回到树洞，小熊撂下买的东西对老熊说："熊爸，我有要紧事儿，不帮你收拾买的东西了。"

　　小熊说着跑进自己的房间，找出纸和笔，刷刷刷地写了起来。他不时地停下来思考一下，咬着笔头儿，皱着眉头，过了一会儿"创业计划"就诞生了。

　　创业的目标：开食品店

　　融资目标：一百熊元，用于租金、进货成本

　　融资对象：当然是"熊爸爸"了。

　　计划书写完了，可是怎么说服老熊八顿给他投资呢？▶▶

弗雷迪拿着像海报一样的计划书，进了厨房树洞，把计划书贴在冰箱门上，转身喊道："熊爸，过来看看我的创业计划。"老熊正在储藏树洞忙着，闻声走出来，熊掌里还抱着一篮子咸鸭蛋。他看了看弗雷迪的"计划书"，问道："弗雷迪，为什么想开店呀？"

小熊说："我不想天天去工厂做工了，我要做一个时间上自由，又能赚钱的工作。我觉得开个小铺子不错，比如食品店。"

老熊说："开店可以，但是为什么开食品铺？熊镇上已经有几家食品店了，你的店有什么特色呢？"

小熊想了想，掰着熊掌说："我的铺子就卖这几样硬通货——爆米花、橡皮糖、风干鸡腿、杏仁巧克力、蜜糖、果子干。"

老熊问："为什么选这些东西呢？"

"因为这些都是好吃的，我特别爱吃！" ▶▶

老熊摇了摇头说:"我看呢,你要是开食品店,这些东西一样都不能卖,否则,进的货还不够你吃的呢,咱们这个铺子肯定赔钱啊!你必须卖别的东西,换句话说,卖别的动物喜欢吃的东西。咱们镇上食草动物数量远远大于食肉动物,你应该卖'兔子饼干、提摩西草饼、竹纤维饼干、甘草片、辣椒串'这类东西,你的店铺才有希望。"

弗雷迪一听,耳朵耷拉下来,嘟囔着:"那有什么意思啊,满眼看到的都是自己不喜欢的,卖东西也不带劲儿啊。"

"你喜欢的应该是开店这件事,而不是店里卖的东西!"

"那我再想想吧,看来开店也不适合我。"

10

请客之前

"铃……"周六一早电话就响了,老熊八顿拿起电话,听了一会儿,不断地说着"嗯,好!欢迎欢迎!"放下电话,小熊弗雷迪好奇地问:"熊爸,怎么了?你欢迎谁呀?"

"还记得山北熊镇的浣熊一家吗?他们明天要来熊镇玩儿,这一次浣熊夫妇带着他们的四个儿女一起,一共六只动物。朋友来访,无论从道义上还是面子上,咱们都得请客吃饭。我刚才问了浣熊爸他们想吃什么,以前他们夫妇俩来访时咱们请他们吃了熊镇的特色美食涮羊肉。他们对熊镇的涮肉上瘾了,这次他们点名要吃'老熊镇铜火锅涮肉'。"

"正好,我也好久没吃涮肉了。"弗雷迪兴奋地说。

八顿打电话预定了虎爸开的"来福居"火锅店。小熊有些担心地说:"熊爸,别看浣熊比咱们个儿小,食量可大了,上次浣熊爸比你能吃;浣熊妈比我能吃。这次又加上四只小浣熊,这得破费咱们多少银两啊?"

"是呀,可是那也没办法啊,谁让浣熊爸跟我是哥儿们呢,我老黑熊这么多年都对朋友很仗义呀,这次也不能因为心疼熊元坏了一世英名啊。"老熊八顿皱着眉头若有所思地说。

周日早上起来，两只熊照例出去采购。弗雷迪买了一块熊最喜欢吃的山楂糕，用透明纸包着，红嫩嫩的，看着就有胃口。回到树洞，他赶紧让八顿切成小块一起吃，自己去客厅树洞收拾东西。老熊一边切着山楂糕，一边往嘴里送，一会儿就切完了。

他喊着叫小熊来吃，弗雷迪看到盘子里堆了一层小山楂块，就问："熊爸，你吃了吗？"

"我吃过了，你吃吧。"八顿收拾着刀具说。

小熊把盘子放到自己眼前，用叉子快速地吃起来，边吃边说："太好吃了，总也吃不够。"一会儿盘子就光了，他又把盘子舔得一干二净，心想，这么一块真不禁吃啊。

中午两只熊睡了个舒服的午觉,老熊被闹钟叫醒后伸了个懒腰坐起来:"我再去吃点儿山楂糕。"弗雷迪问:"不是吃完了吗?"

老熊狡猾地笑笑，舔了一下舌头说："因为晚上有一场硬仗要打！我私藏了一半儿在冰箱里，预备晚饭前开开胃，跟浣熊他们拼一拼，不然吃不过他们咱们更亏了！"

小熊弗雷迪一脸崇拜地仰头看着他的熊爸爸，又学到了一招儿江湖生存本领！

11

不能和熊抢食

随着熊龄的增加，老熊八顿开始加强养生了。小熊弗雷迪建议说："熊爸，听说每天一个苹果最养生了，这是我前两天从一个电视节目里看到的，还是英国科学家说的。"八顿听了觉得很有道理，因为他平时就喜欢吃各种水果。▶▶

他打算每天在木材加工厂加餐吃一个苹果,于是每天上工前小熊弗雷迪都在他的布口袋里塞一个苹果。后来觉得每天带太麻烦,八顿决定一次多带几个放在车间休息室的冰箱里存着。

周一早上他带了五个苹果，吹着口哨进了车间，直接来到休息室，打开冰箱门，把苹果一个一个整齐地放进去，然后站在那儿端详了几秒钟，舔了舔舌头，才满意而又恋恋不舍地关上了冰箱门。▶▶

中午吃饭的时候,老熊把手上的活儿干完才去食堂,他端着打好饭的食盆儿,一溜烟儿地来到休息室,打开冰箱门,啊!!!里面的苹果一个都没有了!居然有动物偷吃了他的苹果!他非常生气:"谁这么讨厌,居然敢偷吃我的苹果,熊的苹果!"但是因为不知道是谁干的,除了发发火,什么也做不了。

晚上回到树洞,他就迫不及待地跟弗雷迪说了这件事儿,小熊想了一下说:"偷吃的动物大概不知道是熊爸爸的苹果,所以才敢干。我有个好主意,你再带水果,可以在上面刻上你的名字,就没有动物敢偷吃了。"

第二天,老熊依旧带了五个苹果,并在上面写上"八顿的苹果"几个字之后放到了冰箱里。中午的时候,老熊端着食盆儿回来,打开冰箱,五个大苹果好好地在冰箱里,老熊咧开嘴笑了,这方法果然管用,还是我家宝宝聪明,于是拿出一个吃了起来。

下午三点多，八顿有点儿饿了，他放下手里的锤子和凿子，吹着口哨来到休息室，打开冰箱，啊！！！苹果又没了！这下老熊可气坏了，他发誓一定要抓住偷他苹果的贼。

第三天早上他又带了苹果，刻了字，放到冰箱里。然后每隔半小时假装上厕所过来看一次，弄得车间主任猞猁爸好生奇怪，问老熊是不是病了。老熊看了三次，苹果都在，等到第四次过来时，还没进门儿，就听到有动物在小声交谈："这上面刻着八顿的名字，偷吃他的东西他该急了。"听着声音像是浣熊。

"没事儿，第一天偷吃的时候不知道是谁的，反正抓到了有借口。后来知道是八顿的就更没事儿了，他挺憨厚的，不会把咱们怎样的，放心吃吧。"这声音太熟悉了，是猪爸！老熊猛地推门进去，两只动物立刻愣住了，苹果放在嘴边停住了。

老熊厉声问道："你们敢偷吃我的苹果？"猪爸定了定神儿说："谁偷吃你的苹果了？我们吃的是自己带的。"

"就是、就是！"浣熊在旁边应和着。▶▶

老熊打开冰箱门,里面的苹果又没了,肯定就是这两个家伙干的!他转过身啪啪两熊掌,打掉了猪爸和浣熊手里的苹果,说:"你们偷吃了苹果还不承认!"说着把两个苹果捡起来,在手里转着看,一个苹果被咬了一大半儿,上面还残留着"八顿"的上半部分。另一个被咬了一小半儿,还留着"苹果"字样。老熊把苹果伸到两只动物眼前,冷笑道:"证据确凿,还想抵赖?"

浣熊躲到猪爸的身后,不吱声了。猪爸眨巴眨巴小眼睛,说道:"好吧好吧,我招了,是我们吃的,没想到你这么小气!干吗生这么大气啊!我们吃了,赔你就是了。""那昨天和前天是谁干的?你给我从实招来!"猪爸小声说:"也是我们干的。"老熊一只熊掌薅过猪爸的脖领子,另一只熊掌想薅浣熊,可是他躲在猪爸屁股后面不好抓。

"你们俩给我记住了,我们熊虽然憨厚,可是永远不要动熊的吃的!"说完他松开猪爸,摔上休息室的门走了。浣熊瞪着猪爸说:"都怪你,中午非得去看二车间的球赛,耽误了吃饭,要是中午咱们早点儿吃,他根本发现不了。"猪爸也不示弱:"我说拿着苹果去,边吃边看,你嫌麻烦不拿,都赖你!" ▶▶

第四天早上，老熊又拿着几个苹果往休息室走，猪爸远远地看见了，赶紧跑过来，殷勤地跟着老熊："八顿，这两天不用你自己带苹果，看，我都给你备下了。"说着拉开冰箱门，只见里面整整齐齐地码着十五个苹果。

这件事儿熊镇的动物们都知道了，对于熊来说，千万不能跟他们抢吃的东西，否则后果会很严重！从此以后，老熊的苹果再也没有丢过……

12

轮到弗雷迪做饭

"弗雷迪，今天下午你就上一节课，放学早，晚饭就你来做吧。"老熊八顿早上对小熊说。"好，没问题！熊爸你想吃什么呀？"弗雷迪爽快地答应了。

"什么都行，只要是你做的，我都喜欢吃。"八顿鼓励着弗雷迪。

下午放学后,弗雷迪看时间还早,就把书包往路边的小树上一挂,叫上猪宝宝和虎宝宝一起玩去了。这一玩儿就把时间忘得一干二净了。▶▶

太阳马上要落山了,弗雷迪猛然间想起答应熊爸做晚饭的事,赶紧和小伙伴们说再见,撒腿就往家跑。路上,老熊的电话就打到弗雷迪的黄蜂手机上了:"毛毛熊,我到家了,你在哪儿呢?你忘了今天的约定了?不是你做饭吗?"小熊边跑边说:"没忘没忘!熊爸,我马上就到家了,你先帮我准备一下,我回去马上做饭。"

"准备什么呀？你打算做什么菜？"

"你就把大米、燕麦米、红枣、葡萄干洗出来，放到电饭锅里蒸上；把胡萝卜、洋葱、土豆、柿子椒洗好切出来，再把早上泡上的木耳、香菇切成小丁，把冻在冰箱里的腊肉拿出来化冻切成丝，葱姜切成小段。这些准备出来，我回去煮咖喱。"

"儿子，这些都准备好基本就没事儿了，咱们到底是谁做饭啊？"

"我做饭啊，我得炒一下啊。"

13

狗熊马尔丹逸事

深秋一个周末的下午，两只熊从熊镇三流酒馆回家，远处山上层林尽染，路两旁的树叶也都变成了红黄色，别提多美了。这个季节也是熊贴秋膘的时候，大家都在自己的领地林子里大吃大喝，要不就泡在熊跑溪里逮大马哈鱼吃。这时候也极易发生冲突，一年中 95% 的争斗都发生在这个时候。▶▶

父子俩边走边聊，八顿刚在酒馆里喝了啤酒，现在有点儿晕乎乎的。离树洞还有半里地的时候，一股风刮过，吹来让两只熊不高兴的味道。两只熊互相看了一眼，加快了脚步，朝着自己的树洞奔去。果然，大树下坐着一个不速之客，一头大棕熊，确切地说是一头大公棕熊！

一看他就是长途跋涉来的,灰头土脸的,身上的毛打着绺。看到父子熊,他一下子站起来,退后两步,抖了抖身上的毛:"朋友,听我解释,别动手!我可不是来抢地盘的!"

两只熊向前挪了两步,低声地哼哼着,上下打量着这个大块头:看起来还算憨厚。

"我家在熊跑溪支流的黑森林山谷里,遭山火了,什么都没有了,我逃了出来,一路上到哪儿都被其他熊赶着跑,不让我停下来,今天翻过山到了这边,实在走不动了,能给口吃的吗?我今晚睡一觉,明天一早就走。"说完,一屁股坐在地上不起来了。

八顿围着他转了几圈,心里盘算着怎么办,看这样儿不像是说谎,还挺可怜,倒不像是装的,不如先给他点儿饭吃。

"你坐着怎么吃饭啊,我们可要上去了。"老熊说完就爬上了软梯。

那只熊一骨碌就爬了起来,咧开了大嘴,简直不相信自己的耳朵,几步就蹭到了软梯下。

"我们还不知道你叫什么呢?"小熊弗雷迪问。

"我叫马尔丹,属于黑森林山谷的大马尔丹家族,是个大家族,可是现在……"

小熊在平台上往下看时,马尔丹低垂着头慢慢地上来了。

老熊八顿动手做了晚饭,弗雷迪打下手,马尔丹坐在大餐桌边,熊掌交叉着放在桌子上,不断地搓着,鼻头不停地耸动,还不时地抿一下嘴巴,每次小熊看他的时候,他都不好意思地假装用熊掌擦嘴。

半个小时很快就过去了，饭做好了，比平时量大一倍：蒸了一大锅米饭，煮了香浓的土豆牛肉汤，拌了苦苣和莴笋沙拉，切了大条的熏肉。这半小时对马尔丹来说不知道是享受还是煎熬。弗雷迪拿出三个大海碗，盛了三份儿饭和土豆牛肉，给这头熊的是最大份儿的，以表示父子熊的好客之意。马尔丹一点儿也不客气，甩开腮帮子开吃，吃的速度极快，风卷残云般吃完了自己的那份儿，问："锅里还有吗？我还没吃饱。"说着，舌头在嘴边一卷，四周毛上的饭粒全卷进了嘴里。

"当然有，给你大木勺子，自己盛吧。"弗雷迪说。

马尔丹把木桶里的米饭和大柴锅里的土豆牛肉汤一股脑地捞进自己的大海碗里，又把盘子里的腊肉都扒拉进去，很快又吃得干干净净。接着他把盛苦苣和莴笋沙拉的大盆儿拿到自己面前，稀里哗啦地吃完了剩下的半盆儿。两只熊这时才吃完半碗，看得直发愣，心想我们也是熊啊，怎么从来没见过这么吃饭的。

吃饱喝足了，马尔丹抬起头，不好意思地说："谢谢你们啊，朋友。我从家乡出来已经好多天没吃过像样儿的饭了。我只顾吃了，也没问你们尊姓大名。"小熊抢着说："我叫弗雷迪，他是我熊爸，叫八顿。"马尔丹转着黑溜溜的小眼睛说："今天太晚了，我想在你们家里借宿一晚行吗？"两只熊把他安排在厨房树洞，弄了个地铺给他，就睡觉去了。

第二天一早，小熊醒得早，跑到厨房树洞里去喝水，眼前的情景让他惊呆了。只见地上一片狼藉，都是被啃的苹果，有的是苹果核，有的是咬了一口就丢掉的。一定是马尔丹干的！他肯定是发现了厨房树洞里面的储藏树洞，那里面可是两只熊辛辛苦苦储存的过冬食品啊！弗雷迪连忙把八顿叫起来，两只熊气坏了，心想，干了坏事儿就溜了，一定要找这只讨厌的熊算账！他们从树洞下来，却发现马尔丹没走，正在树洞下面整理一大丛采来的植物。

老熊严厉地说："喂！老兄，你也太不像话了，在别人家里做客，吃了人家一大半苹果也就罢了，怎么还糟蹋呀？啃一口就扔！"

马尔丹眨巴着小眼睛,一脸无辜地说:"我不咬一口怎么知道苹果甜不甜呀?"

弗雷迪在一旁听了这话,急了:"嗬,你糟蹋了我们父子俩秋天辛苦摘的苹果,你还有理了!你走吧,我们不欢迎你,不想再见到你!"

听了这话,马尔丹也不急,嘴里小声嘟囔着:"我没糟蹋,我本来要走,但发现你们有不少苹果,不及时吃会坏的,我们家族世代做酿酒生意,一般都是把多余的果子酿成酒,我打算走之前为你们做点儿什么,所以就尝了尝,打算把不甜的给你们酿成苹果酒呢,这不,刚从林子里采了些做酒引子的材料。我出去得急,没收拾厨房,没想到你们这么早就起床了。"两只熊听到这话,愣了,看来错怪这只熊了。

马尔丹不再说话,闷头去厨房树洞里拿了一大一小两个筐,把他咬过一口的苹果放进大筐,苹果核放进小筐,又向老熊借了两个大木桶,把采来的植物清洗好,把苹果削去咬过的部分,剩下的切成小块,找了个大木棍子在木桶里捣碎,一副很熟练的样子。父子熊看着他忙活,小声议论:"看来他还真是有手艺啊。"

晚上,八顿和弗雷迪回来看见马尔丹还在忙活着。就这样,他在父子熊的树洞里借宿了一个星期。

一天晚上，两只熊回到家，马尔丹把他们叫到厨房树洞，指着几只盛满苹果酒的大木桶说："酿好了，你们尝尝。"老熊和小熊拿出喝扎啤的啤酒杯，倒了两大杯，喝了一口，不约而同地叫道："真好喝！"马尔丹得意地说："我的手艺能差吗？那天我试吃了你们的苹果，你们还大惊小怪，在我家乡，我们都是这么筛选不甜的苹果酿酒的。"小熊一边喝着苹果酒，一边问："可是如果是甜的苹果呢？你咬过了也没法保存了。"

"这个嘛，甜的苹果只能吃进肚子里了，所以有时候吃得太撑，也挺辛苦的。"说完，他自己也笑了，"我不光会酿果子酒，更会做果酱，在家乡秋天的时候，大家都在我家树洞门口排队买果酱……我的家乡是回不去了，遇到你们，让我觉得这个熊镇挺好的，可惜，我该走了，已经打扰你们这么多天了。"他的眼神里露出失落的神情。▶▶

父子熊对视了一下,弗雷迪碰了碰八顿的熊掌:"老爸,我想一年到头都能有苹果酱吃。"

"儿子,我也想一年到头都有苹果酒喝!"

三只熊互相看了一眼,哈哈大笑起来。笑着笑着马尔丹眼圈红了,用熊掌捂住脸,哭了起来:"我又想起家里的其他熊,他们不知道在哪儿呢,也不知道他们逃没逃出来。"

"哥们儿,你先安顿下来,我这里林子范围大,又有熊跑溪,食物不成问题,等来年春天,你再回去看看。我觉得这事儿靠谱,你有手艺,可以开个酿酒作坊。"

"我各种果子都能做,果酱保存更方便,动物猫冬时肯定喜欢,我绝不会白住,保证你们天天吃上各种果酱。"

弗雷迪欢呼道:"我最爱吃苹果酱了,太好了!以后有果酱吃了!"

马尔丹跟老熊商量:"能不能就在你们的树洞底下搭个窝棚?我可以住在那儿做果子酒和果酱。"八顿摇了摇头说:"那太简陋了!我们在领地边有块地方,原来我们住在那儿,现在空着,明天是周末,我们爷儿俩帮你收拾一下,就是有点儿小。"

"没问题,我一个熊住,不怕小。"

于是，马尔丹就在父子熊原来的小树洞里住下来，酿酒、做果酱，卖给镇子上的动物，很受欢迎。为了和其他作坊的产品区别开，他请弗雷迪设计了商标。小熊设计的商标是"大熊果酒"和"大熊果酱"，非常醒目，为此马尔丹还专门去注册了专利。

14

捐赠的东西怎么又回来了

一天傍晚，熊镇广播要求居民们去中心广场集会，八顿和弗雷迪撂下饭碗就赶过去了。老远就听见熊镇长煽情的声音："熊镇善良的居民们，翻过我们北面的山，有一个镇子叫鹰嘴镇，那里遭遇洪水、泥石流和山体滑坡，损失惨重。多年前我到过那里，那里风景如画，居民友善，对我们熊镇更是充满了好感，现在他们遭灾了，我们是不是应该伸出援手啊？现在我代表镇政府，号召大家踊跃捐献物品，衣服、鞋袜、学习用品都行……"

八顿听着听着，心里最柔软的那部分又被触动了。动物们也都纷纷议论，有的说可以捐衣物，有的说可以把孩子的学习用品捐一些。老熊和小熊听着，心里盘算着到底可以拿点儿什么献爱心。

父子熊回家翻了翻，看到八顿刚花了二十熊元买的那条牛仔工装裤。这条裤子老熊很喜欢，还特意在胸前用粗针脚儿缝了个大兜儿，可以在干活时随手放点儿小物件儿，刚买还没怎么穿，这次要捐出去心里还有点儿舍不得。

不过，喜欢归喜欢，想到灾区的动物比自己更急需，八顿就大方地捐出去了。送走前老熊还让弗雷迪给他拍了照片留念。

一年后的一天,熊镇集市有个展销会,老熊也跑去淘货,晚上兴冲冲地回来了。弗雷迪问道:"熊爸,你买到什么了,这么高兴?"

"儿子,我买了一条工装裤,正好是我的号儿,特值,才十个熊元。"

"那你快试一下我看看。"

老熊打开塑料袋,把裤子套在身上,觉得特合身儿;随手又带上了牛仔帽儿,叫弗雷迪也换上牛仔的打扮,爷儿俩一起玩儿上了Cosplay(角色扮演)。老熊一时兴起,从花盆里揪了一支玫瑰花叼在嘴里,摆了个造型。

"儿子,看我这扮相酷不酷?"

小熊围着老熊转了三圈儿,忍不住说道:"酷倒是挺酷的,可是熊爸,我怎么觉得你这条裤子眼熟啊?你看墙上的照片,去年穿工装裤的,同样的造型,是不是你把捐赠的裤子买回来了?"

老熊凑近墙上的照片,一看,还真像。再低头看看自己的裤子,胸口上的大兜儿,粗针脚儿,果真是自己捐赠的啊!他一屁股坐在沙发上,生气地扔掉牛仔帽。

第二天放学后，弗雷迪跟小伙伴们聊起来，河马宝宝在旁边接茬儿："这算什么？我去年给灾区捐了个铅笔盒，今年熊镇运动会大吨位组赛跑，我得了第一名，领奖时发现奖励的铅笔盒就是我去年捐的那个，背面还写着我名字的缩写 HMBB 呢。"

这到底是怎么一回事啊，小动物们想不明白。

15

如果熊得了糖尿病

> 今天早上厨房里怎么一点儿动静也没有啊？

　　一个秋天的早上，小熊弗雷迪起床后洗漱完毕，赶快往厨房树洞跑，他盘算着今天早上就能吃到昨天刚到货的草莓酱了。这不，秋天了，老熊八顿又从马尔丹那里订了一批新鲜的果酱：有苹果酱、橘子酱、杏子酱、蓝莓酱，当然还有小熊最爱吃的草莓酱。

　　昨天晚上马尔丹给送来一板车的果酱，当时弗雷迪就想开一罐草莓酱吃，被八顿拦住说："太晚了，明天早上再吃吧。"弗雷迪只好咽了咽口水，上床睡觉了，可脑子里一直想着草莓酱的美味。这草莓酱抹在烤得焦黄的吐司片上，再来一杯加了蜂蜜的红茶，那简直是太美味了！

　　可弗雷迪觉得今天有点儿奇怪，以往这个点儿，老熊八顿早做好早饭了，还没进屋就能闻见食物的香味儿，门外就能听到杯盘碰撞的声音。可是今天没闻到香味儿，厨房里面也静悄悄的。▶▶

小熊轻轻地推开厨房的门,探头进去想偷偷看个究竟。只见老熊八顿坐在餐桌前耷拉着大熊头,眉头紧锁,餐桌上什么吃的都没有。

小熊赶紧跑过去:"熊爸,你大早上起来怎么愁眉苦脸的?早饭也不做了?"

"儿子,你说咱们狗熊要是得了糖尿病会怎么样呢?"八顿忧郁地说。

"那当然很悲惨了!咱们熊最爱吃甜食了,什么蜂蜜、果酱、新鲜浆果、奶油蛋糕,要是得了这病,就得和这些好吃的绝缘了!"

"是啊,我以后的生活很悲惨!"

"啊?怎么回事儿?熊爸你得了糖尿病吗?"

"你看,这是前几天车间组织动物年度体检的报告,今天早上鸽子爸给邮递来的。我的这个单子上血糖超标很多,提示我是中度糖尿病,不但要去看病吃药,还得忌一切甜食。如果不能吃蜜糖、果酱、奶油蛋糕和各种鲜美的浆果,生活还有什么意思啊?"说着老熊托着腮帮子,噘着嘴,若有所思。

"熊爸,我觉得你这样的生活态度可不对啊!你平时怎么教育我的?面对困难要坚强,要克服啊。有了病就去医院看病,就要听医生的话,他让吃什么就吃什么,那些甜食就先戒了吧,治好病才是正事儿呀。"

"可是以后我吃什么呀?我这食量,还要少吃,我受得了吗?"

"我想想,咱们的树洞里也有健康食品,比如玉米片儿、燕麦片儿、黄瓜、西红柿什么的,也不难吃啊。以后你就主要吃这些东西呗,再说了,你还可以吃鸡腿、火腿、鱼干儿、新鲜的大马哈鱼呀。"

"说得也是哈,我还可以吃鱼、吃肉呢,所以情况还不算糟。我今天就抽空去趟犀牛爸的诊所看一下。儿子,我还没做早饭呢,我赶紧弄点儿吃的。"

"今天不用你做了,熊爸。我自己烤几片土司,你帮我打开一瓶草莓酱吧,你就冲点儿麦片儿,吃几根黄瓜吧。"

"好吧,我再给你削一盘儿苹果,你的早餐水果不能少啊。我只能看着你吃了,哎!"

就这样,老熊吃着素净的早餐,他看着儿子大口吃着果酱面包,咽了几下口水,努力把寡淡的麦片粥送入嘴里。吃完早饭,弗雷迪帮八顿收拾碗筷,准备去学校了。

就在这时,树洞外面有敲门的声音,谁会在大早上来家里呢?老熊赶紧拉开门,是浣熊爸!

"浣熊老弟,你怎么来了?出什么事儿了?"

"那什么,体检报告,他们弄错了!"一看浣熊就是跑着来的,还有些气喘,"你拿的报告是我的!"

"怎么回事儿?"

"我有糖尿病好几年了,这次体检报告我一看完全正常,就去体检中心问,结果你猜怎么着?他们对了底单,发现把咱俩儿验血的单子弄混了!肯定是猴子化验员工作时又走神儿了,他那个部门新来了个靓妹,他肯定又忙着献殷勤呢。我说他们得给我个说法,不能就这么过去了,你知道他们说什么?他们说谁让我叫浣熊,你叫老熊呢,重了一个字儿。气死我了!跟他们的事儿以后再说,我先上你这儿来换验血的单子。"

"居然有这样的事儿！老弟，你先消消气儿，这是你的单子，你别跟他们一般见识。他们这体检中心就仗着全镇独一家，没有竞争，所以服务很差。等以后多开几家，咱们就可以选了，就不在他们这儿耽误事儿了。"

浣熊爸接过单子，叹了口气说："现在是没辙，我先走了，我拿单子去犀牛诊所看病去了。"

老熊八顿送走了浣熊爸，转过身儿看到弗雷迪已经背上书包等着和他一起走呢。老熊说："儿子，快帮我拿出两罐苹果酱，一罐巧克力榛子酱，我再做个烤面包片儿夹煎鸡蛋，沏一杯蜂蜜柚子茶。"

　　"你不怕上班迟到吗？"

　　"你先上学去吧，我得按照咱们熊的标准早餐再吃一顿，庆祝一下获得新生！"

　　"啊……"

16

读书要读专业版

一天，两只熊在看电视，有个犀牛学者谈道："要想了解西方世界，应该首先了解《圣经》。"两只熊一听，觉得很有道理！他们平时就对各个地方的文化感兴趣，但是看电影里面有很多涉及《圣经》的典故，看不懂。两只熊决定到熊镇图书馆去借一本《圣经》读一读。

第二天正好是周末,八顿和弗雷迪来到熊镇图书馆,询问了管理员,找到了和《圣经》有关的书架。老熊八顿一下子就拿了一本专业版的,黑色精装,显得非常厚重,他摇晃着书说:"就是这本了!我要好好研究研究。"

小熊弗雷迪在书架上仔细地搜索，好多版本都是密密麻麻的小字，文字非常枯燥，他也看不懂。突然，他发现了一本插画版《圣经故事》，抽出来一看，是专门写给小动物看的，每一个故事都有个插图。弗雷迪觉得这书不错，举起来说："熊爸你看这本吧，这本带画儿，看着容易。"说着就把书递给老熊八顿。

"你这本是故事书，还是插画版的，太小儿科了，我要看就看专业版的！"老熊不屑地撇了撇嘴。

"熊爸，你读专业版的，我读插画版的。"

"嗯嗯，到时候你有问题，可以请教你熊爸我呀！"

"好呀！"

日子一天天过去,一天,小熊弗雷迪拿着插画版《圣经故事》问老熊八顿:"熊爸,你说摩西凭什么就能带领以色列人出埃及啊?"

"啊?我还没看到那儿呢。"

"熊爸,那你看到哪儿了?"

"我看到夏娃吃了蛇给的苹果。"

"哎呀,熊爸,你怎么看得那么慢呀,这不是刚开头儿吗?"

"这本专业版的字儿太小了,我看不清楚,所以就慢了。"

"咱们家有放大镜啊,我给你拿去!"

"不用拿了,我书房里有。"

"有放大镜怎么还看不清楚啊?"

"这个……字是能看清楚了,就是每一句话太专业了,理解起来费点儿劲儿。"

"熊爸爸,你不是说你就要看专业版的吗?"

"这个……儿子,你那本故事书读到哪儿了?要不,我和你一起看吧。"

"行啊,熊爸,我第一天不就推荐你看这本书了吗?对了,你那本书要是不看了,明天就及时还了吧。"

"现在还不能还。"

"为什么呀?"

"因为,现在要是去还书,万一管理员跟我聊起《圣经》,我可是什么都不知道呀!等我看完了你这本画书再去还,我也知道个大概齐,再有动物跟我攀谈,我也不至于丢面子啊。"

"这样啊……"

17

奖品不好就不卖力气

老熊八顿的木材加工厂为了鼓励员工积极锻炼身体,为每只动物都发了一个计步器,还规定每个季度走路最多的前十名有奖品。 ▶▶

为了多得奖品，八顿可积极了，每天中午也不午睡了，吃完饭就在木材加工厂里面走路。

当然，他也没忘了不走路时用熊掌摇晃计步器增加步数。小熊弗雷迪看到了，觉得这样作弊不好，说了他几次，八顿觉得不好意思，所以收敛了不少。

熊爸这样连着两个季度都得了奖品：运动袜、运动手套、小背包什么的。弗雷迪可羡慕了，很佩服熊爸，一下子觉得他好像年轻了不少。

转眼到了七月，天气真热呀，熊镇的动物都懒得出来活动。一个周末的晚上，晚饭熊爸做了葱烧大虾和清炒小白菜，两只熊吃了个肚皮滚圆。弗雷迪站起来，拉着八顿的熊毛："熊爸，出去走走吧，太撑了，你做的饭太好吃了！"

"好，我也吃多了，不走走晚上睡不着。"

"别忘了带上计步器，"小熊提醒说。老熊摸了摸口袋："我的计步器放哪儿了？"

"我刚才好像看到在客厅茶几上，我给你拿来。"说着和老熊一起到了客厅，从茶几上拿起计步器，"我看一下现在走了多少步了，走完了再计算咱们走了多少。嗯？怎么已经一万两千步了？"弗雷迪疑惑地问："熊爸，今天你和我一样没出树洞，怎么都一万两千步了？"老熊八顿不好意思地摇了下熊掌，意思是他用熊掌晃动的，也能计步。

"你怎么又干这事了，这不是欺骗吗？"

"这不叫欺骗，也不发高级熊跑鞋，总是发袜子之类的小物件，这么大热天的谁真走啊？"

"熊爸爸,这要让人发现了,会不会把奖品收回去呀?"

"收回去,好啊!咱们穿过的臭袜子他们愿意收就收吧,反正我们是熊,不怕。"

小熊弗雷迪听了这话,一屁股坐在沙发上,泄了气。

18

黄鼠狼智取母鸡

  周五放学后,小熊弗雷迪照例去熊镇广场三流酒馆等老熊八顿下工。五点半,老熊拎着工具袋走进来,一屁股坐在吧台边,拍了拍旁边豹子爸的腰说:"嘿,今天真热呀,我得喝一杯冰镇清啤,爽爽口。"
  "跟你说了多少回了,别拍我的腰,我们豹子和你们熊不一样,我们是细腰窄背,就靠细腰才能快跑,拍坏了怎么办?"豹子爸不高兴地冲八顿挥了挥爪子,锋利的爪尖露了出来。

"哦,对不住,又忘了,我们是虎背熊腰,不怕拍。"老熊笑着说。

"别把我们老虎搭进去,我们才不想和你们这些胖家伙混为一谈呐。"

弗雷迪挤过来,冲老熊说:"熊爸,我刚才要了一杯果汁,你别忘了一起付账。"

这时,忽然听到脚下有"呵呵"的笑声,一个阴阳怪气的声音从板凳下冒了出来:"这小家伙还真是傻实诚!"

大家都愣住了,豹子爸一弯腰,从地上一把抓起一个长长的土黄色的家伙扔在吧台上:"我说是谁呐,原来是你这个家伙,有日子不见,你又去哪儿骗吃骗喝了?"

"别碰我,你下手太狠了,真是吃了豹子胆了。"大家一听这话都大笑起来,小熊一看是一只毛色油亮的黄鼠狼,也不知道他为什么和大家这么熟,于是转头悄悄问老熊八顿:"熊爸,他怎么这么江湖啊?"

"他的英雄事迹三天三夜也讲不完。"老狼五福冲弗雷迪说,接着把脸凑到黄鼠狼爸跟前,"跟我们说说,你这些天去哪儿了?又干了什么?老实交代。"

黄鼠狼爸倒也不在乎:"谁给我要一杯啤酒,我就给你们讲讲。"

豹子爸往柜台上扔了一枚硬币,浣熊酒保端上来一杯啤酒,黄鼠狼爸就慢悠悠地开讲了:

一天,黄鼠狼爸转悠到了另一个镇子的鸡社区,社区位于半山腰的一大块平地上,三面是围栏,一面是断崖。围栏是为了防獾、狐狸和黄鼠狼的,密实不说,顶上还有刺儿。

黄鼠狼爸早年曾经有偷鸡的恶名，还曾因为偷鸡被逮着，关了一熊年的监狱（1熊年=2黄鼠狼年=0.5人年）。但凡蹲过监狱的动物身上都有跟踪监控装置，黄鼠狼爸自打出来后，一直没有再偷鸡，所以大家觉得他已经改邪归正了。

因此，当他来到鸡场栅栏外时，公鸡爸虽然保持高度的警惕，但也没有轰走他。他接连几天都在栅栏外跟母鸡们攀谈、闲聊，逗得母鸡们咯咯咯地笑个不停，公鸡爸看在他不是公鸡的分上，也就没在意，只是远远地看着，逐渐放松了警惕。

黄鼠狼爸每天跟母鸡们讲外面的世界有多精彩，各种有意思的事儿和动物："你们的公鸡大人表面上说是为了你们的安全，不让你们出去逛，实际上他是怕你们和别的年轻英俊的公鸡跑了，他可自私了！"

母鸡们口口相传，呼朋引伴儿，越聚越多，都来听他讲故事。直到有一天，黄鼠狼爸讲了个"丑小鸭其实是白天鹅"的故事，母鸡们听得满怀兴奋与憧憬。黄鼠狼爸又说："你们也有可能是美丽高贵的白天鹅，不从断崖上跳一下，怎么知道自己能不能飞，是不是一只白天鹅呢？"

听完这个故事,母鸡们面面相觑,随即爆发出一阵欢呼,然后大家回头看了看公鸡爸,马上都安静下来,围在一起悄悄商量。大家约好了轮流试试,看自己是不是一只白天鹅,要是的话,就飞走不回来了。

于是每天都有一只母鸡从悬崖上起飞，黄鼠狼爸每次都在悬崖下鼓励那些害怕的母鸡："没事儿，别怕，你能行！飞起来你就是天鹅了，难道你不想试试吗？"母鸡起飞后奋力扇动翅膀，可还是不断地向下沉去，黄鼠狼爸就在后面飞快地追赶，不断地呼喊鼓励。

别说，还真的没有哪一只再回来，剩下的母鸡越来越相信，也越来越伤感，她们为成为天鹅后不能再见面而伤感，把她们自己也感动得热泪盈眶。

从那天以后,黄鼠狼爸再也没有来,因为他很忙,每天都等在断崖下边收获一只母鸡,然后回家熬鸡汤。如果有谁碰巧从他窗外经过,就能闻见炖鸡的香味儿。他一手抓着鸡腿吃肉,另一只手拿着新买的高脚红酒杯喝二锅头(黄鼠狼爸的生活就是这么混乱)。

黄鼠狼爸站在吧台上,闭着眼睛陶醉地讲完了。他一睁眼,看见五六双凶狠的眼睛围在他的周围。他打了一个激灵,忙说道:"你们别这么看我呀,我又不是在熊镇干的这事。我有记性,再也不在咱们这儿干这种事了,你们要相信我,我知道熊镇是和谐社会。"吧台上几张露着獠牙的嘴同时向黄鼠狼爸吹了一口气,他的毛全都炸起来了,不知道是被吹的还是被吓的。

小熊弗雷迪冲黄鼠狼爸说:"告诉你,母鸡一家是我的好朋友,你要敢打他们的主意,别怪我不客气。"

"那是那是,虽然她们又笨又虚荣,但我还是手下留情的,没有直接去抓。再说,我大多数时候还是吃那些有害的家伙,比如爱打地洞的那些货色,否则你们的家也不会那么安全干净,对不对?"

大家听了,冲他哼了一声,转头各自喝酒吹牛去了。弗雷迪拉了一把八顿:"熊爸,这个故事我得记下来,很有教育意义呐。"

19

品香会

老熊八顿在熊镇加工厂车间技能比赛中得了奖，工厂组织获奖者参加年度品香会。加工厂犀牛厂长站在办公室的中央，眉飞色舞地对几位获奖者讲话："大家听好了，品香会并不是品香水，而是介绍各种香木的知识，结束时每个参加者还能得到一个沉香手串。先生们的手串是大颗粒的，女士们的手串是小颗粒的。当然了，女士们也可以根据你们的意愿，得到一串小手串，回家送给你们的宝宝当礼物。"

"哇，太好了！我早就想要一个手串了，可是集市上的都太贵，舍不得买。"狐狸爸赤毛高兴地拍着前爪。

"对了，你不提我还差点儿忘了。"犀牛厂长抢过话说，"这次的手串可是用专门从深山里采集的沉香做的，价格可不是咱们熊镇集市上卖的那些货能比的！这都是为了奖励你们这些优秀工匠。"

老熊一边听着，一边下意识地把熊掌举到眼前，手腕上空空的，什么也没有。"这下可好了，我也能有个沉香手串了，戴在手上香喷喷的，去哪儿都有面子。要是自己买，得半个月的工钱呐，说什么也舍不得。"老熊一边想，一边露出了满意的笑容。　▶▶

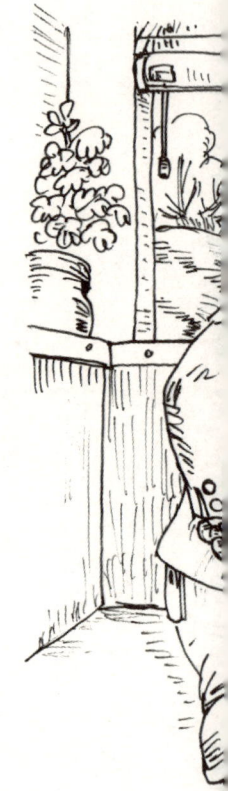

晚上下工后，老熊兴冲冲地回到家，在厨房树洞里一边做饭一边和小熊弗雷迪说着品香会的事。小熊嚼着草莓，仰头望着老熊说："熊爸，这次你终于如愿了，之前你每次去三流酒馆，都看不惯老狼他们炫耀手串和项链。"老熊听着把菜刀往案板上一剁，用围裙擦擦手说："拿到手串后，我要去集市的文玩店，看看相同档次的到底多少钱。"小熊呆呆地看着他，嘟囔着说："我还以为你要有什么惊天举动呐，原来是这个呀。"八顿点点头："当然了，要是特别贵重的，我可不能什么时候都戴着，磕了碰了多心疼啊！"

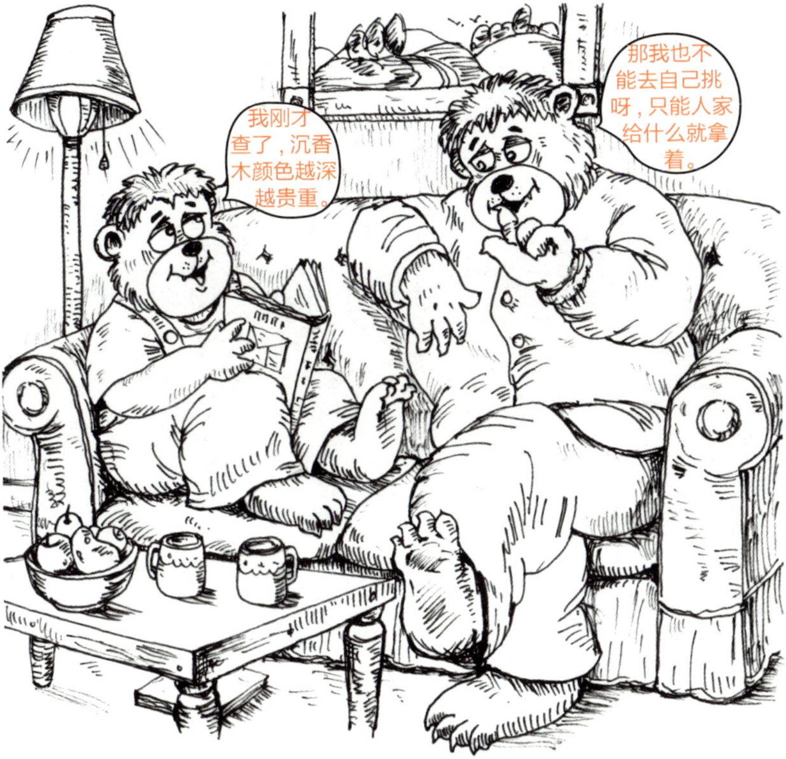

晚饭后，父子熊在客厅树洞继续讨论着品香会，弗雷迪说："熊爸，刚才我查了一下，沉香也有很多种呐，颜色越深越值钱。"八顿嘟囔着："那我也不能自己去挑啊，只能人家给什么就拿着什么。"小熊滴溜溜地转着眼珠，欲言又止，抱起水杯喝着蜂蜜水。

十点钟，八顿早早上床，闭着眼侧身躺着，一会儿就发出了轻轻的鼾声。弗雷迪爬上床，挤到老熊身后，抓住老熊后背的熊毛，轻轻地问："熊爸，睡着了吗？"老熊哼哼了一下："迷糊了，睁不开眼了，这几天睡得少，太困了。""熊爸，我和你说句话，然后你就可以睡了。"老熊听着又哼哼了一下。"熊爸，你吃饭前说心疼手串怕磕碰，要不你就要一串给宝宝的手串吧，我戴着，省得你为难，怎么样？"

话音刚落，老熊的鼾声突然停止了，身子一下紧绷起来，接着，紧闭的眼睛一下子睁得溜圆……

20

有刺的刺身

初秋时节，八顿和弗雷迪打起背包，翻过西边的大山去另一个叫大溪的镇子旅行，那里有很多建在水边的建筑，非常古老、漂亮。除了看景，享受大餐就是两只熊的第一爱好。那儿的水产可是一大特色，远近闻名，就是因为几条溪流在此地交汇，不同的溪流里有不同的鱼。镇子上的动物主要以做观光客的生意维持生计。

两只熊顺着一条溪流向上徒步，八顿一边走一边对弗雷迪说："儿子，咱们今天要爬上前面的山俯瞰大溪镇，估计晚上才能回来，那咱们晚饭吃什么呀？"小熊掏出一个小本，翻到一页仰头对老熊说："我来之前就查好了，这儿的鲜鱼刺身非常有名，随便找个馆子都非常地道，咱们晚上就吃这个吧！"两只熊不约而同地点了点头，迈着轻快的步子向山上奔去。

傍晚，两只熊疲惫地回来了，夕阳在他们身前投下了长长的影子。虽然很累了，但他们还是很开心，迫不及待地去镇子中心找鲜鱼刺身大快朵颐。▶▶

镇子上有不少店家都在招揽生意，漂亮的小动物们站在自家靓丽的招牌下招呼客人。弗雷迪用手一指："熊爸，咱们就去那家吃饭吧，看店面非常气派。"

两只熊背着野营包撞进了饭馆,一只狸花猫店员垫着脚扭着屁股走过来,一只手上搭着白白的餐巾,另一只手一挥:"两位,请!里面靠窗的座位最好了,我给您拿菜单。"

八顿把菜单递给弗雷迪,小熊可不客气,直接翻到刺身那页,胖熊掌一指:"一盘三文鱼,一盘金枪鱼,再来一盘鲷鱼。"然后把菜单递给八顿,"熊爸,其他的你点吧。"

饮料有免费的大麦茶,可以自己冲泡,两只熊转了转眼珠,抑制住点冰镇可乐的冲动,自己动手冲了两杯大麦茶。狸花猫麻利地取走菜单进后厨去了。不一会儿,寿司和刺身都端上来了,小熊夹了一片厚嘟嘟的三文鱼刺身,蘸着绿芥末和酱油,一口送到嘴里:"味道还真不错!"小熊一脸的满足感。

"我尝尝,"老熊也夹了一大块扔进嘴里,"确实不错!"

两只熊用了不到五分钟就把刺身消灭了，然后开始吃寿司。大溪镇的寿司做得太小巧了，对于熊来说，一口一个都嫌小，他们很快把寿司也吃光盘儿了。

两只熊对视了一下，八顿对弗雷迪说："儿子，咱们再点点儿东西吃吧！"

弗雷迪连连点头："我还想吃一盘三文鱼刺身，一盘不够吃呀！"这时狸花猫不知怎么就出现了，他听弗雷迪说再要一盘三文鱼刺身，圆眼珠滴溜溜地转了转，说道："你们点的这个是小盘厚切刺身，三个熊元，只有五片鱼肉。我们今天店里有一款优惠，原价九个熊元的薄切三文鱼，有十八片，现在半价，只要四个半熊元就能吃到十八片呀！消费满十个熊元就可以享受这个优惠了。"两只熊听了，脑子里飞速地算计了一下，觉得即使是薄切鱼片，十八片也比五片厚切的量大。于是不约而同地说："就换这个薄切的，口感肯定更鲜嫩。"

"OK！"狸花猫麻利地跑进了后厨，过了一会儿端出来一盘薄薄的三文鱼片。老熊兴致浓浓地抄起筷子夹了一片送进嘴里，刚嚼了一口，"啊"的一声，熊掌伸进嘴里，掏出一根鱼刺。"这鱼片怎么还有鱼刺呀？儿子，吃的时候要留神呀！"

弗雷迪夹着鱼片刚要送进嘴里，听到这儿停住了，把鱼片放回自己的餐盘里，用筷子扒拉了一下，也发现了一根刺。他小心地把刺挑出来，鱼片也弄碎了，只能把碎鱼肉捡着吃了。

接下来，每吃一片鱼，就能挑出一两根刺，鱼片都被扒拉碎了。两只熊再也没法儿像吃厚切鱼片那样大口吃了，弗雷迪噘起嘴说："这种薄切的鱼片这么多刺，吃起来真不爽！我不想吃了。"

老熊一边在嘴里用大舌头翻来翻去找着刺，一边咕噜着说："是呀！这么一来吃刺身的乐趣都没有了，我还是第一次吃到有刺的刺身啊！我也不想吃了。"结果一盘鱼片剩下了一半，两只熊结完账愤愤地走了。

　　八顿和弗雷迪背着野营包边走边议论，小熊忽然蹦起来说："我明白了，他们这种薄切鱼片肯定是贴着鱼骨头又剔了一遍，把原本应该扔掉的部分又废物利用了一下，所以才那么多刺。"

　　老熊一拍熊掌，跺着脚说："原来如此啊！居然还糊弄咱们说是半价优惠，我看白给都不值！这家馆子太可气了，骗咱们憨厚的熊，看来买的没有卖的精呀。"

　　"熊爸，他们是挺坏的，可是谁让咱们俩贪便宜啊，贪便宜没好事儿！"

　　"是呀！虽然知道这个道理，可是关键时刻还是把持不住呀，爱占小便宜是不是咱们熊的天性啊？"

21

不能背着熊吃东西

一个周末的下午，小熊弗雷迪午睡醒来，觉得口干舌燥，老熊还在床上呼呼大睡。弗雷迪来到厨房从冰箱里拿出一个大梨，然后搬来一把椅子站在水池边把梨洗干净，又开始削皮。他把削好的梨肉切成块放在盘子里，心想熊爸辛苦了一周，自己也应该为他做点儿什么，于是决定把梨留给老熊八顿吃。▶▶

弗雷迪这么想着，心里很高兴，他从椅子上下来，拿着大梨核走到窗前，一边背对着厨房门啃梨核，一边望着窗外的远山哼着歌。八顿这时也醒了，听到厨房有动静，就慢慢走过来，看见小熊背对着自己，嘴里发出"咯咯"的咀嚼声。

他想,我这熊儿子肯定趁我睡觉,自己起来吃好吃的,于是从后面一把抓住小熊的熊掌,把他转过来说:"弗雷迪,自己偷吃什么呢,也不给我?!"

小熊愣住了，转而委屈地看了一眼盘子说："我把好的都留给熊爸了！"老熊一看，几个大梨块放在盘子里，弗雷迪自己的熊掌里握着梨核，老熊立马耷拉下耳朵，知道自己冤枉了小熊，赶忙道歉。

熊的本性就是这样，食物是第一重要的！切记，千万不能背着熊吃东西！ ▶▶

22

到底当什么

周末两只熊沿着熊跑溪去山里采蘑菇，路上小熊弗雷迪说："熊爸，你还记得那个孔雀宝吗？""哪个孔雀宝啊？"老熊八顿问。 ▶▶

"就是那个见到我就说我毛不亮,老给我找麻烦的那个。他常说他颜值高,要好好利用颜值成为百万富翁。结果因为太好强,他长期加班表演挣钱,过劳挂了呀!"

老熊听了,吃惊地张大了嘴,蹚着熊跑溪的水说:"弗雷迪,咱们可不能那样,虚荣害死熊,太傻了,咱们要向乌龟和王八学习,慢慢来,咱们熊要长跑,不做孔雀!"

"对对,咱们才不做孔雀呢!"

"咱们也不做大狮子、大老虎!"

"可我还是想当大狮子,狮子站在岩石上,风吹着鬃毛,多威风啊!"老熊听了,瞪了小熊一眼:"你又好了伤疤忘了疼,你得病时说的话都忘了吗?"小熊正了正背篓说:"没忘,可我就是想当狮子!老师说了,幸福生活是奋斗出来的。不过,现在咱们还是去采蘑菇吧,晚上我要喝鲜蘑菇汤。"

　　两只熊继续往前走着,背影坚定,他们是心怀梦想但又脚踏实地的熊。

23

陶瓷杀手

"熊爸,你看,这儿又出了最新款马克杯,城市系列的,多好看!"

"嗯,知道了。"

"快看,这儿还有古典图案的茶杯,真典雅,还特别薄。要是在树洞里招待别的动物,多有面子啊!我怎么那么喜欢这些杯子呀!看到了就想买。"小熊弗雷迪在商场里兴奋地拿起这个放下那个,说个不停。

"先别买了,咱们的储藏树洞里有一柜子的杯子都是你的,上个月你刚打碎了两个杯子,还有之前你把我最喜欢的一个大花杯子也给打碎了。和你说了好多回,别把杯子放在桌子边,你就是不听。这次你休想冲动消费了。"老熊八顿认真地说。

"熊爸,你这是在报复!"

"我怎么就是报复了?你说说。"

"我打碎的那个大花杯子不就是你在熊镇扫盲班上认识的母熊同学送你的吗!那杯子档次很一般,你心疼就是因为我打碎了你的美梦,所以你就报复我。"弗雷迪仰着头眉飞色舞地说着。

八顿哼了一声没再说话,拿起一个杯子看了看价签,又默默地放下了。弗雷迪看在眼里,嘬着嘴跟在后面,他知道这次没戏了,那价签上标的价格可不低呀。

周六下午,八顿受邀去参加了一个品香会,这是熊镇最近兴起的风雅活动之一。晚上他高高兴兴地回来了,还提着一个牛皮纸口袋。一进树洞他就对弗雷迪说:"你看我给你带什么回来了!"弗雷迪急忙从纸口袋里取出一个盒子,打开一看,是个特别漂亮的瓷罐,上面印着非常雅致的关于香的图案。

"这是我在品香会做的香丸,一共九颗,要密封一个月,然后打开,香气才最好闻。"八顿说着转身去换衣服。他把皮靴脱下来,一只熊掌刚踩在木地板上,就听"啪"的一声,扭头一看,那香罐已经被弗雷迪不小心摔了个粉碎,香丸也滚了一地。▶▶

弗雷迪懊恼地蹲在地上,两只熊掌抱着头。

"弗雷迪!每次都让你别把东西放在桌边,你就是不听,又碎了一个,你不光是杯子杀手,你简直就是个陶瓷杀手啊!"

王立昕：《熊镇的故事》的联合作者和插画绘者。曾经是优秀建筑师，在北京市建筑设计研究院工作多年，参与过首都国际机场T2航站楼等大型工程设计工作；上世纪末留学英国，主攻生态建筑，并在英国建筑设计事务所工作，具备东、西方设计视野；回国后转行到地产开发领域，曾是远洋集团的设计掌门人；如今华丽转身，变身为插画书作者；从小钟情绘画，喜爱动物和大自然，在这套系列图书里实现了多年的愿望——用心中的爱去绘制可爱动物们的故事。

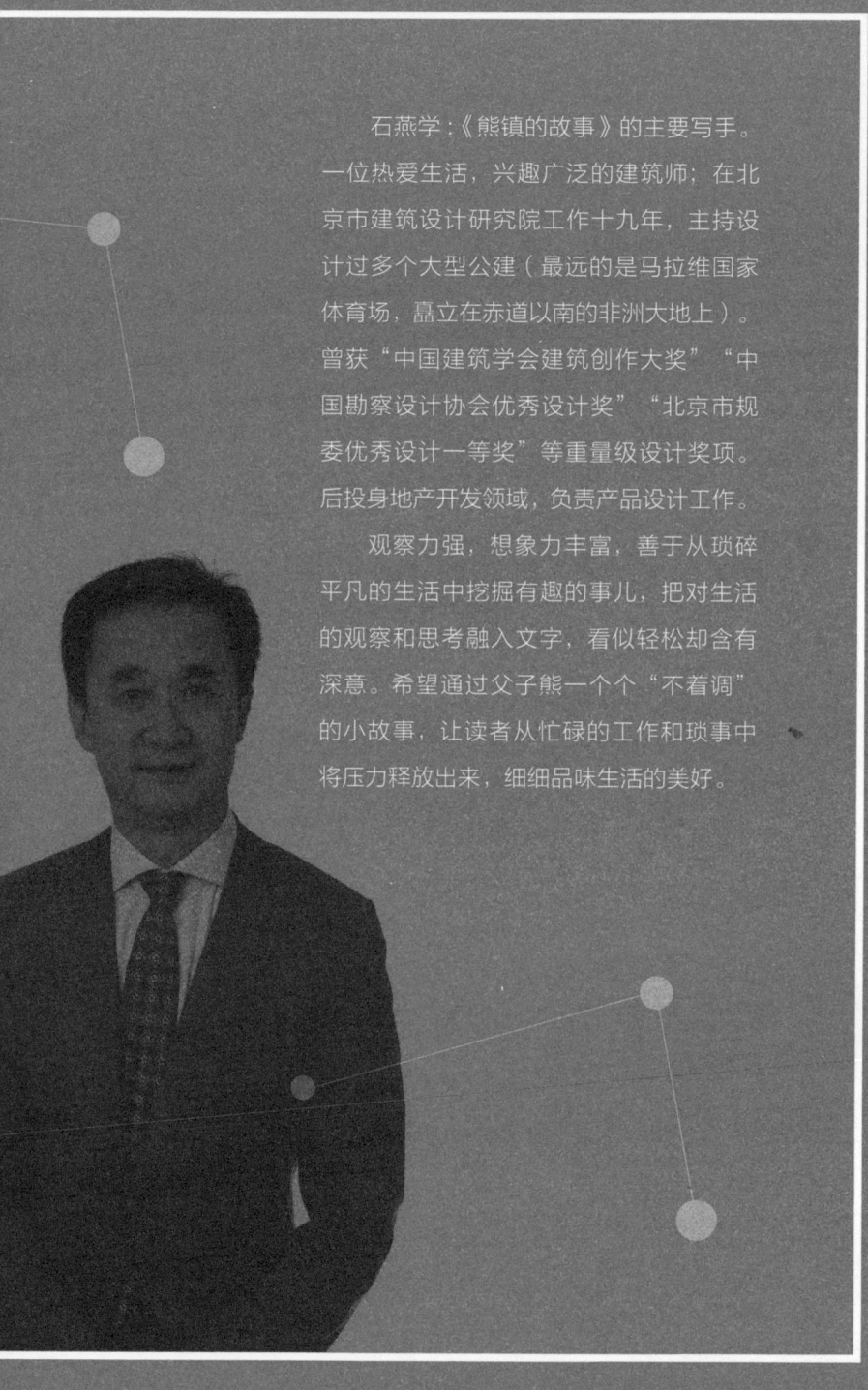

石燕学：《熊镇的故事》的主要写手。一位热爱生活，兴趣广泛的建筑师；在北京市建筑设计研究院工作十九年，主持设计过多个大型公建（最远的是马拉维国家体育场，矗立在赤道以南的非洲大地上）。曾获"中国建筑学会建筑创作大奖""中国勘察设计协会优秀设计奖""北京市规委优秀设计一等奖"等重量级设计奖项。后投身地产开发领域，负责产品设计工作。

观察力强，想象力丰富，善于从琐碎平凡的生活中挖掘有趣的事儿，把对生活的观察和思考融入文字，看似轻松却含有深意。希望通过父子熊一个个"不着调"的小故事，让读者从忙碌的工作和琐事中将压力释放出来，细细品味生活的美好。